LA FRONTIÈRE

PARIS. — Imprimerie Emile VOITELAIN et Cᵉ

61, rue Jean-Jacques-Rousseau, 61

HIPPOLYTE BAYE

LA FRONTIÈRE

ESSAIS

DE

POÉSIE

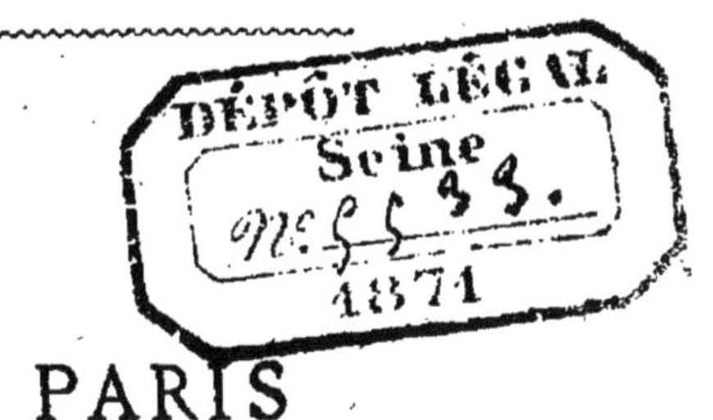

PARIS

LIBRAIRIE INTERNATIONALE
A. LACROIX, VERBOECKHOVEN ET Cⁱᵉ, ÉDITEURS
15, boulevart Montmartre et faubourg Montmartre, 13
MÊME MAISON A BRUXELLES, A LEIPZIG ET A LIVOURNE

MDCCCLXXI

AU LECTEUR

Lecteur, si quelque accent sauvage
Dans ces chants te laisse irrité,
Souviens-toi qu'ils ont éclaté
Dans la guerre et dans l'esclavage,
Sur notre seuil ensanglanté.

Mais le sang n'était rien encore...
J'ai vu parmi nos frais enclos,
A la honte des vieux héros,
Sous un monarque au nom sonore,
L'honneur français couler à flots.

Lecteur, garde-toi donc de croire
Que j'aime à grossir nos douleurs.
J'ai pesé ce que vaut la gloire,
Ce que, pour étonner l'histoire,
Certains hommes coûtent de pleurs...

En exprimant l'horreur qu'inspire
Des rois le caprice fatal,
Je n'ai fait ici que traduire
Le silence des morts et dire
Les cris sortant de l'hôpital.

LA FRONTIÈRE

LE CHEVAL ET LE CAVALIER

BALLADE [1]

« En avant!.... » et dans la mêlée,
Le colonel, l'épée au vent,
Guide la colonne ébranlée
Qui gronde et s'écrie : « En avant! »
Dédaigneux d'effleurer la terre,
Fendant l'air d'un front familier,
Voyez bondir vers le cratère
Le cheval et le cavalier!

Ils volent : l'audace les mène.
Les tranchants tombent sans remords.

1. Écrit en souvenir de la charge des cuirassiers au Mont-de-
Breune, près de Mouzon. (Journée du 30 août 1870.)

Le bruit de la tempête humaine
Trouble jusqu'au monde des morts.
Contre les fers et les cartouches,
Là, ni rempart, ni bouclier.
Mais qu'importe aux élans farouches
Du cheval et du cavalier !

Dans la flamme un globe sonore
Monte et se fraie un long chemin.
Le sanglant et lourd météore
Fait pleuvoir partout du carmin.
Malheur ! un double cri d'angoisse
Répond à l'éclair meurtrier...
Le tourbillon poursuit et froisse
Le cheval et le cavalier.

Les morts rapides sont sereines.
Le soldat semblait endormi :
De la main, il serrait les rênes,
De l'œil, il cherchait l'ennemi.
Son compagnon dans les batailles
Agonise sur le hallier.
Le canon tinte aux funérailles
Du cheval et du cavalier.

Noble animal ! la douleur ronge
Tes flancs par l'obus entr'ouverts.
Pourtant tu lèches, comme en songe,

Les pleurs taris des gazons verts.
Vivras-tu? De ta riche veine
Perdras-tu le trésor entier?
Toute espérance est-elle vaine?
Vas-tu suivre ton cavalier?

Mais ton jarret souple et rapide
Bat l'air, tressaille et se roidit.
Sur ton œil jadis intrépide
La Mort étend son doigt maudit.
Tout est fini! Plus rien ne bouge
A ton col vierge du collier.
Dormez sous votre linceul rouge,
Dormez, cheval et cavalier.

S'il est une sphère invisible
Dont nul hôte ne doit périr,
Qu'elle soit bientôt accessible
Au couple qui sort de mourir.
Dieu du monde, vaste génie
De ce séjour hospitalier,
Dans cette existence infinie
Joins le cheval au cavalier.

Là, dans leur dernière patrie,
Là, par un éternel printemps,
Le long d'une molle prairie,
Qu'ils bondissent, les combattants!

Qu'un seul souvenir les escorte,
Le seul qui ne doit s'oublier :
Celui de l'amitié que porte
A son cheval le cavalier.

15 septembre 1870.

LES

PRISONNIERS DE GUERRE EN MARCHE

Allons, conscrit, ranime ton courage.
De notre escorte il faut suivre le pas.
Le faible oiseau qui tourne dans l'orage,
Gémit en vain, mais ne s'arrête pas.
Prends ce bâton : dans un vallon kabyle
Je le taillai d'un olivier âgé.
Sur mon vieux bras, soutiens ton pied débile.
Je sais souffrir, moi, j'ai plus d'un congé.

Le malheur coûte à ton âme encor tendre.
Ah! trop de maux sur ta tête ont fondu!
La loi d'abord au foyer vint te prendre;
Deux mois après, marche et combat perdu.
Un peu de gloire eût doré nos fatigues.
Sans l'espérer, l'ennemi fut vainqueur.
Nos généraux, aguerris dans les brigues,
Cherchaient en vain leur science — ou leur cœur.

Jeune, jeté sur le brûlant rivage
De cette Afrique, au nom français depuis,
Je fus traîné longtemps en esclavage
Dans un désert que n'humecte aucun puits.
Courbé, souffrant, je pleurai ma défaite.
Puis la fierté chassa le désespoir.
Même captif, il doit lever la tête
Celui qui fit jusqu'au bout son devoir.

Un roi voisin fit déborder la coupe
Pleine déjà de fiel et de dédain.
On cria : « Guerre ! » Une brillante troupe
Du Louvre alors éblouit le jardin.
Mais le palais qui fût jadis une aire
Avait nourri des paons au lieu d'aiglons ;
Et nous payons leur splendeur adultère,
Toi de tes pleurs, moi de mes vieux galons.

Les Allemands, ivres de leur victoire,
Nous froissent tous d'un talon méprisant.
Pas un ne sait, purifiant sa gloire,
De son respect nous faire le présent.
Pourtant la France, à leur race plaintive,
A mille fois offert son sein tendu.
Ce sein béni de leur mère adoptive,
Comme ils sont fiers tous de l'avoir mordu !

A trop conter ma colère s'attise.
Viens, mon enfant, marchons silencieux.

Morbleu ! des pleurs sur ma moustache grise ?
Heureusement, la nuit tombe des cieux.
De notre soir, bien que chargé d'orages,
Peut naître encore un radieux matin.
La Liberté, mère des grands courages,
Oui, j'en suis sûr, domptera le Destin.

12 septembre 1870.

LA MENDIANTE DE BAZEILLES

« Donnez ! » me criait sur la route
Une enfant qui courait pieds nus.
« Donnez ! que votre cœur écoute
Les pleurs amers du mien venus.
Donnez ! Autrefois notre père
Du travail tirait un peu d'or.
Seulement de quoi vivre encor,
Mes petites sœurs et mon frère !

Les ennemis forts et nombreux
S'en vinrent déchirer la France.
Partout — riches ou malheureux —
Ce fut un long cri de souffrance.
Après des batailles, un soir,
Il en vint un, puis un cortége.
Ma mère dit : « Dieu nous protége !
« Longtemps il nous faudra les voir. »

Pour apprivoiser leur colère,
On servit pain, chair et boisson,

Jamais aux jours de grand salaire
On n'en vit tant à la maison.
Mais toujours, d'une voix terrible,
A nouveau chacun exigeait;
Et son fusil se dirigeait
Sur nous, comme sur une cible.

De peur, nous frémissions tout bas.
Ma mère osa trahir ses larmes.
Soudain l'un d'eux bondit, — hélas! —
Jure et la perce de ses armes.
L'œil en feu, mon père à leurs coups
Oppose une hache : on l'écrase.
Nous fuyons; le toit qui s'embrase
Pétille au loin derrière nous.

Nous errons près de la frontière.
Au village habite la Mort.
La Mort est douce au cimetière :
Là, près de Dieu, l'innocent dort.
Mais une ruine flétrie,
Pour nos parents quel dur tombeau!
Pas un débris, pas un lambeau
Qui ne parle de leur furie!

Nous mendions par les chemins,
Vivant des dons de tout le monde.
Il est des êtres inhumains
Qui disent : « Va-t'en, vagabonde! »

Amer est le pain d'étranger ;
Mais il aide notre misère.
Donnez, et notre petit frère
Pourra grandir et nous venger !...

20 septembre 1870.

LE CONQUÉRANT

Des bruits avant-coureurs ont semé l'épouvante.
A la vitre déserte, on voit percer le deuil.
Le carrefour s'emplit d'une masse vivante;
Dans l'air silencieux quelque voix discordante
Porte au loin la terreur et sonne avec orgueil.
Sur le seuil attendri par le pas d'une mère
Retentissent le sabre et l'éperon vibrant;
Ils rompent des verrous la défense éphémère...
Le foyer envahi! quelle douleur amère!
Mais cachons bien nos pleurs : voici le conquérant!

Dans les scintillements de mille baïonnettes,
Il s'avance escorté de ses sanglants drapeaux.
La crainte a mis un sceau sur les lèvres muettes,
Et nul ne saurait lire, aux faces inquiètes,
Si l'amour ou la haine anime ses troupeaux.
Un soldat épuisé, sans pain, chancelle et tombe.
Dans une fosse humide, il se couche mourant.
Encore un jeune espoir englouti par la tombe!

Mais que fait au vautour le sort de la colombe?
C'est dans un nid d'airain qu'éclôt un conquérant.

Humble, la cité tremble et s'agenouille en larmes.
Sa prosternation fait grandir le vainqueur.
Dans le temple chrétien il engouffre ses armes,
Et le clairon répand d'insolentes alarmes
Sous les arceaux troublés de la nef et du chœur.
L'orgue élève pour lui sa voix douce et profonde;
Et les flots vaporeux de l'encens enivrant,
De l'encens réservé pour le Sauveur du monde,
Baignent un front chargé d'une tiare immonde :
Le casque d'un soudard appelé conquérant.

La victoire aujourd'hui couronna la bataille.
Il est nuit. Des flambeaux constellent le quartier.
Partout fument les plats chers à la valetaille.
La céleste Harmonie, au pied de la muraille,
Chante, prostituée à l'écraseur altier.
Dans un hangar voisin, le vent du nord soupire :
Là, gisent des blessés sur l'un et l'autre rang;
L'un conjure le ciel, l'autre en silence expire.
Leurs membres ont valu des duchés à l'empire.
Qu'est-ce qu'à leurs foyers rendra le conquérant?

Quelle aurore nocturne empourpre la verdure?
Un incendie immense aux élans furieux,
Comme un tigre emportant une fraîche pâture,
Bondit de seuil en seuil, de toiture en toiture,

Et de sa griffe rouge ose tâter les cieux.
Un long débris d'humains, éplorés, pêle-mêle,
S'efforcent d'échapper au monstre dévorant.
Lorsque retombera la dernière étincelle,
Des squelettes noircis, seuls, — monument fidèle, —
Diront : « Ces lieux ont vu passer un conquérant. »

Il est au fond de l'Inde une infernale idole.
Sur un char monstrueux son autel est porté.
Il roule ; tout un peuple en vertige s'immole,
Et le sage brahmane aspire à l'auréole
De se faire broyer sous sa divinité.
L'heureuse Europe assiste à des pompes pareilles.
J'ai vu, — sortant du Nord, — un peuple délirant
De son dieu par ses cris réjouir les oreilles,
Et pétrir de sa chair de sanglantes merveilles
Au monarque prussien, Jaguernauth-conquérant.

28 octobre 1870.

LE BLESSÉ

ESSAI

Au printemps, quand tombe le givre,
Blessé s'en revint un conscrit.
La poudre l'avait laissé vivre :
Dieu sait pourtant ce qu'il souffrit !
Déchiffrant son maigre visage
Par un poil inculte ombragé,
Les petits enfants du village
Dirent : « C'est Pierre ! Oh ! dieux ! qu'il est changé ! »

Sur un seuil ceint d'une charmille
Où la sève prenait l'essor,
De son rire une jeune fille
Égayait un noir corridor.
La voyant, le soldat s'écrie :
« Votre amour seul m'a protégé ! »
Mais, presque honteuse, Marie
Balbutiait : « Combien il est changé ! »

« Je reviens meurtri par la guerre, —
Dit-il ; — mais j'ai gardé l'espoir.
Voyez ! cette boucle légère
Me fut par vous donnée un soir.
Votre bouche froide et muette,
Quoi ! me laisse découragé ? »
Confuse et détournant la tête,
Elle répond : « Que vous êtes changé ! »

« Oui, — dit-il ; — mais sachez la cause.
Qui rougirait d'un tel destin ?
Ce bras vous payait d'une rose
Un frais tribut chaque matin.
Un boulet l'eut en sacrifice.
Du moins mon pays est vengé !
Heureux qui comprend la justice ! »
Elle répond : « Que vous êtes changé ! »

Il s'éloigne pressant ses larmes.
Combien il enviait le sort
De ceux qui, tombant sous les armes,
N'ont d'autre douleur que la mort !
Il marche sans voir, sans entendre,
Un poignard dans l'âme plongé.
Cruelle est la voix jadis tendre
Qui vous apprend que vous êtes changé !

Il tombe attristé chez sa mère
Qui le serre en ses bras ravis.

« Te voir finit ma peine amère.
« Tu reviens blessé, mais tu vis !
« Mes longs chagrins, je les oublie ;
« Mon pauvre cœur bat allégé.
« Malgré ta figure pâlie,
« C'est toujours toi ! mon fils n'est pas changé ! »

Mais Pierre, dardant un œil sombre :
« Va, tu t'abuses, — poursuit-il.
« Parti vivant, je reviens ombre ;
« Mon hiver commence en avril. »
— « Je devine l'âme frivole
« Par qui tu viens d'être jugé.
« Ah ! loin de croire à sa parole,
« Crois seulement que son cœur a changé. »

— « Ainsi, je serai pour la terre,
Pour tous, un inutile poids.
Jamais, à ma voix solitaire,
Ne répondra, douce, une voix. »
— « Crains-tu que, par un peu d'écume,
Tout ton bonheur soit submergé ?
Toute vie a son amertume.
Et ton berceau, méchant, est-il changé ? »

Comme elle achève ce reproche,
Le seuil frémit d'un petit pas.
Une ombre svelte entre et s'approche,
Pleine d'un pudique embarras.

D'un fermier c'est la chaste fille,
Ange connu de l'affligé.
Jamais, suspendant son aiguille,
Le malheureux ne vit son cœur changé.

D'une pitié douce, attendrie,
Le front peint d'un tendre carmin,
Murmurant le nom de « Patrie, »
Au soldat elle tend la main.
Pierre, tiré de son lourd rêve,
Et du désespoir déchargé,
Savoure une voix qui s'élève
Et qui lui dit : « Vous n'êtes pas changé ! »

Cependant, sans parler encore,
Ses regards seuls font des aveux.
Vers l'avenir qui se colore,
Il vole sur l'aile des vœux.
Noble débris, par la tendresse,
Que ton malheur soit corrigé !
Aime, et qu'un son plein de caresse
Dise longtemps : « Non ! tu n'es point changé ! »

Mars 1871.

L'EMBUSCADE

« Richard ! » — « Mon lieutenant ? » — « Avance
Là, vers ces houx, sur le gazon,
Rampe, l'arme au poing, en silence.
Entends-tu ? Veille à l'horizon.
Si le Prussien, odieux fantôme,
Affronte enfin nos carrefours,
Tant mieux ! Ma carabine chôme ;
La poudre attend depuis trois jours.

Sous ce chêne, fier de son faîte,
Je foule de joyeux débris.
Là, des chasseurs auront en fête
Traqué le cerf dans ses abris.
Aujourd'hui, tout bras qui s'honore
Poursuit un gibier exécré.
Quel orgueil, quand le bois sonore
Redit son cri désespéré !

S'appuyant sur le droit du glaive,
Un roi barbare a décrété

Que tout vaincu qui se soulève
Se met hors de l'humanité.
Et de notre sang il le signe,
Cet arrêt d'un cœur ténébreux !
Honte au lâche qui se résigne
A traîner ce joug onéreux !

Sur nos murs flétris, — avec rage, —
J'ai vu, vieux soldat africain,
Afficher ce royal outrage
Dans un pays républicain.
Aux tyrans on doit résistance,
Et c'est le poignard à la main,
Au travers de leur existence,
Qu'un peuple se fraie un chemin.

A notre jeunesse enhardie,
J'ai crié : « Qui se sent du cœur?
Chassons ces valets d'incendie,
Au bras cruel, à l'œil moqueur.
Que leurs corps, — pour notre salaire, —
Encombrent le monde infernal !
Peuple, déchaîne ta colère :
Elle vaut seule un arsenal. »

On s'est armé. Ces vieilles roches
Nous offrent un nid de vautour.
Sur le vallon, sur ses approches,
Planant, nous fondons tour à tour.

Si les fils chéris de l'armée
Ont compromis notre bonheur,
Du moins de la patrie aimée,
Nous, les bâtards, sauvons l'honneur.

Alerte ! au loin, dans la poussière,
Un détachement vient à nous.
Du bois hérissons la lisière.
Chacun à son poste, à genoux!
Déjà plus près brillent leurs armes;
De leurs chevaux j'entends les pas.
Leurs chants insultent à nos larmes :
Qu'ils s'éteignent dans le trépas!

En tête marche un capitaine...
Mon cœur ne peut se contenir...
Cette face froide et hautaine
En moi réveille un souvenir.
Eh! c'est lui!... lui qui, de sa lame,
Parce qu'on n'avait plus de pain,
Fouetta ma tante, vieille femme!...
Bourreau, tu mourras de ma main.

Venez, balles, et frappez juste!
Viens, mon fusil, fais ton devoir!
Qu'il sente la mort dans son buste,
Bien avant qu'il nous ait pu voir.
Son corps aux vers! à moi la selle!
En joue, et visons sûrement...

Feu!... la poudre est bonne... Il chancelle,
Tombe... J'ai tenu mon serment.

Anéantissons cette horde.
Francs-tireurs, vengez vos cantons.
Du plomb, et sans miséricorde!
Pour la justice nous luttons.
On creusera sous la feuillée
Pour leurs morts un trou fraternel,
Et la terre par eux souillée
Sera leur séjour éternel. »

Octobre 1870.

LA VOIX DES RUINES

Des murs flottants comme des ombres;
Des poutres, des fers, des tronçons;
Le silence sur ces décombres :
Plus de meunier, plus de chansons.
Là-bas, une ronce ennemie
Enlace l'ailette endormie
Et sur les monceaux va grimpant
Au lieu du babil de la roue,
Un filet d'eau, rauque, s'enroue,
Troublé par le lézard rampant.

Moulin, meunier, meunière,
Qui donc vous a fait taire
Pour toujours à la fois?
C'est encore la guerre,
Invention des rois.

Deux princes, sinistres comètes,
Ici, se heurtèrent un jour.
Le chaos, roulant sur nos têtes,
Ébranla cet obscur séjour.

Voués à la grande hécatombe,
Les époux dans la même tombe
Tombèrent frappés du canon;
Et lorsque s'exhalait leur âme,
Chez eux, par le fer et la flamme,
Un conquérant gravait son nom.

Ce fléau séculaire
Dans sa seule colère
Puise en tout temps ses droits.
Tout broyer par la guerre,
C'est le plaisir des rois.

Quelle demeure hospitalière !
De la main qui les nourrissait,
Des oiseaux l'aile familière
Ne craignait fusil ni lacet.
Où donc es-tu, troupe infidèle ?
Quoi ! déjà la tendre hirondelle
A d'autres murs porte son nid.
Oui, la meunière inconsolée
Ne verrait plus dans la vallée
Les pigeons qu'elle y réunit.

Cette tribu légère,
De la paix messagère,
Se plonge au fond des bois.
Car elle hait la guerre
Et les foudres des rois.

Mon enfance, qui fut voisine
Du chaume plus que du château,
Reçut du meunier sans lésine
Fraîches cerises, blanc gâteau.
Comment payer ma vieille joie?
Paix est due à celui qui choie
Tout être humain faible ou petit.
Mais quand la force partout gronde,
Le bien semé parmi le monde
Ne sauve ni ne garantit.

Ils sont là sous la terre
De ce pré solitaire
Où se penche une croix.
C'est l'œuvre de la guerre,
C'est l'ouvrage des rois!

Pauvres gens! l'histoire abandonne
Vos noms à l'oubli détesté,
Elle qui tresse une couronne
Aux bourreaux de la Liberté.
Votre meurtre, nul ne l'expie.
Aux sons d'une fanfare impie,
Vos mânes frémissent encor.
— Juste Dieu! cessez donc d'absoudre
Les criminels qui, noirs de poudre,
Tachent de sang leurs trônes d'or!

Faites sur notre sphère,
Aux éclats du tonnerre,
Descendre cette voix :
« Maudite soit la guerre !
« Et maudits tous les rois !

Novembre 1870.

LA RÉQUISITION

Jean grelotte au lit, de la fièvre.
Sa femme berce au coin du feu
Un frais nouveau-né dont la lèvre
S'ouvre, rose, sous un œil bleu.

Tout est triste ; aussi la fermière
Pour son enfant ne chante point...
Grand Dieu ! qui frappe à la barrière
Du pied, de la lance et du poing ?

C'est un uhlan couvert de neige.
Il entre : la porte a cédé.
Dix autres lui font un cortége.
Devant eux le chien a grondé.

Il presse le loquet fragile,
Et lance — toujours en fumant,
En salut au paisible asile,
Dans la bouffée — un jurement.

Pauvre mère, en son humble couche,
Dépose ton frêle trésor.
Sers vite l'étranger farouche,
Pour qu'il soit patient encor.

Il crie en sa langue barbare :
« Pain, vin, viande ! » — et s'approchant
De l'escabeau dont il s'empare,
Son geste ajoute : « Et sur-le-champ. »

La fermière couvre la table.
Jean, qui ne sent plus ses douleurs,
Court défendre dans son étable
Sa génisse aux vives couleurs.

Qui ne connaît le bruit étrange
Des soudards parquant leurs chevaux,
Et lançant partout dans la grange
En litière les blés nouveaux ?

Quel laboureur n'a, sous la chaîne,
Vu partir ses bœufs mugissants
Qui, sentant la masse prochaine,
Ouvraient de grands yeux languissants ?

Qui n'a vu la horde funeste,
— Marchant sur la veuve à genoux —
Lui prendre l'agneau qui lui reste ?
Qui ne l'a vu ? qui d'entre nous ?

A ton tour, Jean, de ta demeure
Tu vois dégorger le butin.
Ce n'est pas tout ; car voici l'heure
De le conduire au camp lointain.

Allons, Gaulois, allons, attelle !
Aide au triomphe des Teutons.
N'espère point d'être rebelle
Sous l'amorce des mousquetons.

A travers les frimas qui tombent,
Au camp prussien, pousse, Français,
Pousse tes chevaux qui succombent
A frayer un pénible accès.

Il t'a conté ses temps épiques,
Ton père, vainqueur d'Iéna.
Toi, tu marches entre les piques
De ceux que l'*autre* domina.

Voilà le cycle de la gloire !
Les demi-dieux et les héros
L'ouvrent, rayonnants, et l'histoire
Le ferme par d'obscurs bourreaux.

Décembre 1870.

LA FLORAISON GUERRIÈRE

Au soleil pâlissant, entre quatre murailles
        Qui protégent la paix des morts,
Dans un angle où la terre a laissé ses entrailles
        S'ouvrir aux vaincus du dehors,
Voyez ! quelques soldats pénètrent en silence,
        Courbés sur un obscur fardeau.
Un haillon éploré dans leurs pieds se balance,
        De la mort triste et vain rideau.

Le gazon soulevé, comme un flot sur les ondes,
        Dans l'air un instant suspendu,
Sur l'étroite limite où se touchent deux mondes,
        Docile au signal attendu,
Retombe ; — et la lueur vague du crépuscule
        Flotte encor dans l'éther pâli
Que déjà sur les flancs du nouveau monticule
        S'asseoit le ténébreux oubli.

Oui, soldat inconnu, les voix confraternelles,
        Les voix qui, naguère, en trinquant

Sous les festons vineux des pendantes tonnelles
    T'offraient un verre provoquant,
De tes traits disparus se souviendront à peine !
    A peine, pauvre fantassin,
Ton départ s'est-il vu dans cette ruche humaine,
    Comble d'un éternel essaim.

Un étranger se glisse en ta cellule vide.
    Il dort où ton bras désarmé
Te berçait dans la nuit, de jours encore avide,
    Peut-être heureux, peut-être aimé. —
Demain quand les clairons, émules de l'aurore,
    Demain quand les tambours battants,
Troublant de l'escalier la spirale sonore,
    Chasseront les songes flottants,

Ton ombre, errante autour des murs de la caserne,
    A ton rang pourra voir demain,
L'autre puiser la poudre ardente à ta giberne
    Et briller ton arme à sa main.
— Ainsi meurt le soldat. Sa courte renommée
    Tombe avec les rayons du jour ;
Pour pleurer ses enfants, il faudrait à l'armée
    Trop de larmes et trop d'amour.

Ce n'est pas une mère à la molle tendresse.
    Sur ses fils morts son cœur courbé
N'épanche pas les flots d'une longue tristesse,
    Comme l'antique Niobé.

Mais, imitant de Sparte une fière matrone,
    Elle offre aux autels infernaux
Leurs mânes refroidis et, redoublant l'aumône,
    Enfante des guerriers nouveaux.

Quand, au mois radieux l'arbuste se déflore,
    Sous les coups lointains d'un enfant,
Une sève nouvelle aussitôt vient éclore
    A son front vert et triomphant.
Ainsi, lorsque la Mort crible, dans sa colère,
    Les régiments épanouis,
On voit poindre sans fin la sève populaire
    Sur les germes évanouis.

A UN SOLDAT ENNEMI

En déposant ta crosse meurtrière,
Ton œil sourit près du fer menaçant.
Ta voix se plie au ton de la prière
Pour implorer la part hospitalière
Que tout chrétien doit toujours au passant.

Merci, soldat ! — Assieds-toi, le feu brille.
La neige encor pèse à tes pieds fumeux.
Dans les longs soirs, quand la souche pétille,
Là, nos aïeux se chauffaient en famille.
Sur leur fauteuil, étranger, fais comme eux.

Mange ce pain ; prends cette tasse pleine.
A nos repas ta faim trouvera mieux.
Mais, quoi ! ta lèvre hésitante, incertaine,
De ce vin pur s'est approchée à peine,
Et sur ta main ton front pend soucieux...

Ah! je comprends! je comprends à ton geste,
A ton regard d'une larme obscurci,
Un père âgé— là bas, là bas te reste.
Ta mère tremble à tout penser funeste
Près d'un foyer paisible, comme ici.

Jeune soldat, j'ignore si ta lame
A fait cesser de battre un cœur humain.
Mais la piété n'a point de source infâme.
Non! rien n'a pu rejaillir sur ton âme
Du sang versé — sans désir — par ta main.

Si j'ai maudit l'implacable délire
Dont contre nous ton peuple est animé,
A contempler ton triste et doux sourire,
A te parler, ma sourde haine expire.
Encore un jour, et tu serais aimé!

Car on pardonne au guerrier magnanime
Qui, traversant le tumulte infernal,
Fait son devoir sans glisser dans le crime,
Et montre en lui l'alliance sublime
D'un bras vaillant et d'un cœur virginal.

Décembre 1870.

LA SUISSE

Voici la saison de clémence !
Laboureur, prends le soc en main ;
A la glèbe unis la semence.
Toi, soleil, bénis leur hymen.
La terre a craint un éternel veuvage,
En fossoyeurs se changeaient les colons ;
Mais, pour fermer cette ère de ravage,
Un peuple ami dépouille ses vallons.

La France eut des jours de richesse.
Des États oublieux l'ont su.
L'ennemi même qui l'oppresse
Pourrait dire le pain reçu.
Booz connaît la disette cruelle
Dans ses champs, où le pauvre a tant glané.
Honneur à Ruth ! elle offre sa javelle,
Elle sourit au maître infortuné.

O Suisse ! ô terre généreuse !
Ton cœur ici s'est révélé

Insensible à la force heureuse,
Épris du courage accablé !
Sans écouter siffler la calomnie,
Pour nos vaincus tu parais ton berceau.
Les fils errants du chantre d'Athalie
Ont dû la vie aux neveux de Rousseau.

Qu'on aime à deviner en rêve
Tes lacs, tes monts et tes torrents !
Là-bas les ennemis font trêve
Et mêlent leurs flots émigrants.
Là-bas, surtout, aucune ombre de maître
N'ose infecter l'âme du pèlerin.
Suisses, jamais nul n'a pu vous soumettre :
Le Devoir seul est votre souverain.

Vos dons consolent la nature.
Elle a trop gémi sous le poids
Des guerres qui, pour leur pâture,
Épuisaient bourgs, prés, champs et bois.
Le blé tombant de vos mains fraternelles
En verts parfums bientôt aura germé.
Le vent de France en chargera ses ailes,
Et vous prépare un message embaumé.

Chaque grain d'une gerbe est père ;
La gerbe aura mille épis mûrs.
On verra l'aisance prospère
Des ruines relever les murs.

Et quand viendront les tempêtes neigeuses,
A leur foyer, tranquilles, les époux
Réveilleront, des luttes orageuses,
Deux souvenirs..... Le vôtre sera doux !

    Dans le destin qui nous afflige
    Renaissent d'antiques vertus
    Par qui reprendront leur prestige
    Nos drapeaux, hélas ! abattus.
Sur le Jura les feux de délivrance
Luiront un jour ; mais alors point d'oubli !
Ils vous peindront l'amitié de la France,
Et leur reflet salûra le Grütli.

Mars 1871.

A GAMBETTA

Puisque, tombé, de serviles colères
Jettent ton nom aux fanges des ruisseaux ;
Puisque, insultant à tes faits consulaires,
En vils poignards on change tes faisceaux,

Grand citoyen, laisse un libre poëte
A ta disgrâce envoyer ses saluts.
Sous ton pouvoir son estime muette
Peut s'exprimer si ton pouvoir n'est plus.

Pour notre honneur, oui, le ciel te fit naître
Où, dans la Gaule implantant ses autels,
Rome, encor pure et vierge de tout maître,
Marqua nos champs de ses pas immortels.

Les souvenirs, là-bas, parlent en foule !
L'œil d'un consul impose au monde entier ;
César s'élève, et la grandeur s'écroule ;
Du Capitole un Goth est l'héritier.

En réveillant cette poussière humaine,
Il te plaisait, néophyte gaulois,
D'adorer seul la déité romaine,
La Liberté, source sainte des lois.

Dans l'onde antique ainsi l'âme trempée,
Tu vins au Nord ranimer les vertus.
Ton premier mot, tranchant comme une épée,
Fut pour quelqu'un le poignard de Brutus.

De quel éclat retentit ta justice !
Paris captif sentit mollir ses fers,
Paris qui s'est offert en sacrifice,
Divinisant tout, jusqu'à nos revers.

Les courtisans, accourus à la fête,
Déifiaient un homme de hasard,
Quand tu marquas, de ton doigt de prophète,
Les jours comptés d'en haut à Balthazar.

Et ce héros aspirait à la lutte !...
Ah ! s'il eût su du moins, par sa grandeur,
Vif météore, éblouir dans sa chute,
Et, dans la nuit, rentrer avec splendeur !

Mais, déserteur de son aire natale,
Avec les cours même s'apprivoisant,
L'aigle amolli, quand vint l'heure fatale,
Ne put lancer le tonnerre écrasant.

L'orage accourt, gronde, éclate, redouble.
Le dieu menteur retombe foudroyé,
Ne laissant voir au monde qui se trouble
Qu'un reste impur par le vent balayé.

Alors on vit le vautour germanique,
Depuis longtemps de la France affamé,
Gonflé d'orgueil et d'un triomphe unique,
Fouiller les flancs d'un peuple désarmé.

J'entends encor tes mâles cris de rage,
Quand le pays se disait tout en pleurs :
« Qui vengera cet éternel outrage ?
Nos cœurs meurtris? nos immenses malheurs? »

De notre honneur tu prêchas la croisade,
De la patrie en tous semant la foi.
Tout s'ébranla, ville, hameau, bourgade,
Contre un bandit qui s'intitule roi.

Cinq mois entiers, d'un court tronçon de glaive,
Digne du moins du nom de nos aïeux,
La jeune Gaule osa cribler sans trêve
De coups vengeurs ses bourreaux furieux.

Si l'arme échappe à sa main frémissante,
C'est qu'ils ont pris pour complice la faim;
Comme un phénix, sa force renaissante
Dans l'avenir médite une autre fin.

Le sang versé veut-il qu'on le déplore ?
Non! chaque goutte effaçait un affront.
D'Ophélia l'on vit des fleurs éclore :
De nos tombeaux des guerriers renaîtront.

Tous ces martyrs, retranchés de ce monde,
Nous ont laissé leur âme pour soutien.
Morts glorieux! Leur semence est féconde,
Comme aux beaux jours du vieux printemps chrétien.

Et toi, poursuis d'épandre l'évangile
Par un grand siècle en mourant annoncé.
Les rois, faux dieux, et leur culte fragile
Iront se joindre aux cendres du passé.

Presse l'heure où, du peuple, chêne sombre,
Tout suintant et de pleurs et de maux,
La Liberté, soleil naissant de l'ombre,
Réchauffera les plus obscurs rameaux.

Ah! parle-nous, parle-nous d'espérance,
Comme en hiver on rêve aux fleurs de mai ;
Et, fils pieux, chéris toujours la France :
Celui qui souffre a tant droit d'être aimé!

10 mars 1871.

LE GUÉ

Il n'est plus doux abri dans la calme vallée,
Il n'est gazon plus mol au loisir nonchalant
Que la rive penchante et de saules voilée,
Que ces bords sinueux du fleuve, déroulant
Son écharpe bleuâtre aux joncs souples mêlée.

Là croissent, en flottant, les parfums des cressons,
Autour du sable où fuit l'ablette sémillante.
Le frais myosotis y trempe ses buissons ;
La forêt de roseaux, légère et vacillante,
A tout vent qui frémit exhale de vains sons.

Comme tout souriait jadis sur cette rive !
L'écolier vagabond, inhabile lutteur,
Y venait exercer son adresse craintive,
Sondait de son pied nu le gouffre tentateur,
Et, les bras arrondis, domptait l'onde rétive.

C'est là qu'au soir tombant les troupeaux égarés,
Oubliés des abois du molosse fidèle,
Descendaient lentement, tachant le vert des prés.
L'épervier et l'agneau, le bœuf et l'hirondelle,
Sur le même abreuvoir se penchaient altérés.

Mais un jour, effrayant les tremblantes colombes,
Une ardente bataille ici se déchaîna.
Le duel aérien des obus et des bombes,
En longs sillons de feu dans l'azur rayonna ;
Et des humains tombaient, tombaient par hécatombes !

Au souffle mugissant de l'ouragan fatal,
Que d'âmes en leur fleur, là, se sont envolées !
Que de cris ont monté vers le grand tribunal !
Et, quand le plomb rompait les phalanges troublées,
Que de sang a rougi ce fluide cristal !

Car la guerre n'est pas aisément assouvie.
Et l'obus poursuivait de ses éclats d'acier
Le blessé qui traînait le reste de sa vie,
L'artilleur qui poussait son robuste coursier,
A travers le courant, vers l'autre berge amie.

Que d'hommes, enlacés par le bras de la Mort,
Ont vu fuir à la fois le rivage et le monde !
Que de corps non pleurés ont, sur ce même bord,
Tournoyé lentement, pâles, au fil de l'onde !...
— Et pourtant (ô Nature !) aujourd'hui même encor,

Il n'est plus doux abri dans la calme vallée,
Il n'est gazon plus mol au loisir nonchalant,
Que la rive penchante et de saules voilée,
Que ces bords sinueux du fleuve, déroulant
Son écharpe bleuâtre aux joncs souples mêlée.

Mai 1871.

POUR DES OUBLIÉS

Oiseaux amis des fleurs nouvelles,
Du printemps joyeux troubadours,
Vous dont le vol aux mille tours
S'égaie aux folles ritournelles,
Chantez ici, chantez toujours.

Ne fuyez point, l'aile effrayée,
Si vous voyez dans les buissons
Reluire d'étranges tronçons :
Ce n'est qu'une lame broyée
Par les boulets ou les caissons.

Oui, c'est là que tonnait la guerre !
Et peut-être aux éclairs sanglants
Que le bronze couve en ses flancs,
Mêliez-vous, étonnés naguère,
Vos cris, vos jeux et vos élans?

Suspendez votre nid fragile
Autour de ce tertre où tout dort.
Nulle faux n'en rase le bord,
Nul pied n'attente à cet asile,
Car un ange y veille : la Mort !

Là sont tombés, pour la patrie,
Trois fiers soldats, trois artilleurs.
Nul n'adoucit leurs derniers pleurs :
Tout fumait dans la batterie,
Et tant d'autres tombaient ailleurs !

Les fleurs ont prêté leur parure
A la terre qui les couvrit.
Mais où survit leur nom écrit ?
Du buis, qui plante la verdure ?
Mais à leurs ombres qui sourit ?

Ah ! souvent sans doute, à l'aurore
Ou quand se meurt le jour lointain,
On pourrait, des bords du chemin,
Les entendre se plaindre encore
Que nul ne pleure leur destin.

Mais nos lèvres ont trop de haines...
C'est à vous, chantres innocents,
D'épancher ce funèbre encens.
Pour charmer les cendres humaines,
Il faut de doux et purs accents.

Attendrissez vos ritournelles,
Oiseaux charmants, gais troubadours ;
Ralentissez vos mille tours ;
Flattez, du doux bruit de vos ailes,
Ceux qui dorment là pour toujours.

Avril 1871.

LES JUVÉNILES

LES JUVÉNILES

LE ROUET

Aux jours lointains de l'enfance débile,
    Ma grand'tante fut mon soutien ;
La bonne vieille, à mon pas malhabile,
    Prêtait son chancelant maintien.
Lorsque le soir, de ses paupières sombres,
Dans les logis introduisait les ombres,
    Toujours grand'tante reprenait
Le rouet brun, cher à la ménagère ;
Et, sous son pied, la machine légère
    Rapidement tournait, tournait.

Mieux que des rois, fils d'une race antique
    (Je le dis sans les dédaigner),
Au coin du feu, sur un trône rustique
    Assise, elle semblait régner.

La flamme claire ornait d'un diadème
Les cheveux gris qui ceignaient son front blême.
  Cependant elle fredonnait
Du bon vieux temps une simple romance,
Et le rouet ajoutait la cadence
  Du cercle qui tournait, tournait.

Si le sommeil, de ses ailes furtives,
  Effleurait son morne profil,
Abandonnant les tresses fugitives,
  Sa main laissait pendre le fil.
Alors, sans bruit, j'usurpais la quenouille;
Un œil fixé sur mon doigt qui se mouille
  Et l'autre guettant le bonnet,
J'accumulais de bruyantes manœuvres;
Et, sifflant comme un nid de cent couleuvres,
  L'axe grondant tournait, tournait.

Combien de fois la chambre solitaire
  Me vit, loin de tous les regards,
De l'instrument violant le mystère,
  Égarer ses membres épars!
De la quenouille et d'estoc et de taille,
Au mur voisin j'ai livré la bataille;
  Et puis, quel brillant moulinet!
Dieu! quelle horreur saisissait pauvre tante
En entendant sur la vitre éclatante
  Le fuseau qui tambourinait!

Jours printaniers, las ! le temps vous emporte
      Comme un vent le frêle duvet.
Pour l'abîme où tombe la feuille morte,
      Grand'tante a quitté son chevet.
Dans un grenier, honteux et noir repaire,
S'use aujourd'hui le rouet, si prospère
      Jadis près du tiède chenet.
Les cris affreux de la rauque chouette
Seuls font frémir la bobine fluette
      Qui bourdonnait, qui bourdonnait.

Pour rappeler la blanche insouciance
      Qui déserte mon front penché,
Au sphynx rongeur de l'aride science,
      Triste, mon cœur s'est arraché !
De la mémoire il emprunte les ailes
Et je revole aux heures maternelles
      Où ma jeune oreille écoutait
Le rouet brun, au murmure sonore.
Je crois le voir, je crois entendre encore
      Comme il chantait, chantait, chantait !

Paris, quartier Latin.

AVRIL

Avril ! ô mois charmant, aimable précurseur
Des biens que du soleil nous promet la douceur,
C'est toi qui, des rameaux engourdis sous le givre,
Fais sortir le bourgeon, enfant tremblant de vivre,
Tant il craint que l'hiver, soudain se hérissant,
D'un souffle sans pitié ne le tue en naissant.
Oh ! quand les cieux plus purs ont revu l'hirondelle,
Du printemps, de l'été, messagère fidèle,
Quelle fête en tous lieux ! Les vergers et les bois
De mille oiseaux chanteurs reconnaissent les voix.
Le moment est venu, sur la branche secrète,
D'arrondir lentement une molle retraite :
Là, dans un sein d'herbage, à l'abri du plein jour,
Naîtront de frêles œufs, doux travaux de l'amour ;
Là, couvrant son trésor de son ardeur constante,
La mère le verra, craintive et palpitante,
S'animer, tressaillir, lui découvrir enfin
De petits oiselets nus et criant la faim.

Heureuse et pauvre mère ! au fond de cette couche,
Cache-toi bien alors de l'écolier farouche
Qui rôde, le brigand ! autour des verts buissons.
En attendant, fais-nous entendre tes chansons,
C'est le moment d'aimer et non de craindre encore.

Le soleil rit aux champs et les presse d'éclore.
Oh ! verse, astre fécond, tes rayons bienfaisants
Et sur le blanc vieillard qui vient à pas pesants
Réjouir ses regards des fleurs que tu fais naître,
Et sur l'adolescent qui souffre et voit son être
Mortellement languir, lorsque tu n'es plus là.
L'hiver, ils gémissaient; avril les consola;
Et tous deux, pleins d'espoir, cheminent sous la nue,
Quand, au soleil nouveau portant la bienvenue,
L'alouette jaillit, du sillon humecté,
Dans les cieux rayonnants d'une douce clarté.
Pour moi, dans les jardins où la terre m'appelle,
Ma bêche va lui faire une face nouvelle.
Il me plaît d'effacer, au retour du printemps,
Les rides que partout impriment les autans.
Simples et doux labeurs ! sur mes coquettes plaines,
Je balance une main féconde en vieilles graines,
Et, sous le long râteau, mes sillons aplanis
Montrent des végétaux les peuples rajeunis.
Quelquefois une ondée en ces plaisirs nous mouille.
On ne la maudit pas; mais cueillant la dépouille
Que la rigueur des froids et l'audace des vents
Arrachent pour le pauvre aux rameaux non vivants.

Près d'un foyer qui fume, à demi l'on se sèche
Pour reprendre courage au combat de la bêche.

Viens donc, ô mois d'avril, et remplis mon espoir.
Hâte-toi ! Puisses-tu bientôt nous faire voir,
Dans les airs embaumés formant un blanc cortége,
Les arbres radieux et de pourpre et de neige :
Doux apprêts dont Pomone entoure son hymen.
Ainsi, quand à l'époux elle cède sa main,
La vierge, aux saints autels marchant d'un pied timide,
Rougit d'émotion sous son voile candide.

ÉPANOUISSEMENT

Grands dieux ! est-ce bien elle ? est-ce elle qu'autrefois
Invitait à nos jeux mon enfantine voix ?
Dans cet ange imposant de beauté, de noblesse,
Dois-je voir l'humble enfant qui mêlait sa faiblesse
A la nôtre, arbrisseaux maintenant grands et verts,
Mais dont la tête alors n'affrontait point les airs ?
Que les temps sont changés ! Je crois nous voir encore,
Jeunes fruits éclairés des rayons de l'aurore,
Prenant parmi les jeux nos premières couleurs.
Notre joue innocente avait parfois ses pleurs ;
Mais tous de nos chagrins, grosses peines amères,
Nous trouvions le remède aux tabliers des mères,
Et là, quelque caresse, habile à nous guérir,
Nous renvoyait toujours folâtrer et courir.
Bientôt vint le moment où le maître d'école,
Terrible et redouté, pour ses bancs nous racole
Et du temps des plaisirs nous vole la moitié.
Devant mes pas tremblants, la porte, sans pitié,
S'ouvrit : j'allai grossir la bruyante brigade

Qui fait, à longs efforts, l'espoir de la bourgade.
Devant les tableaux noirs, oh ! comme on soupirait !
Souvent, d'un coin obscur recherchant le secret,
Nous osions remplacer la leçon du grimoire
Dont Lhomond s'efforçait d'emplir notre mémoire,
Par l'histoire d'un nid dans les bois découvert,
Exploit qu'on écoutait, enflammé, l'œil ouvert.
Prisonniers du savoir, avides d'ignorance,
Quand l'heure du congé, signal de délivrance,
Sonnait, l'essaim captif se mutinait alors,
Et, narguant les leçons, bourdonnait au dehors.

Dans les nombreux plaisirs cueillis dans la campagne,
Toi, si belle aujourd'hui, tu fus notre compagne.
Sur les glauques étangs, au doux soleil d'avril,
Penchés, nous attirions, ignorants du péril,
Du saule rougissant la tige harmonieuse :
Instrument qui chantait sur ta lèvre rieuse.
En d'autres jours, nos pas à loisir égarés,
Nous portant aux cantons où verdissent les prés,
Rencontraient d'un ruisseau la barrière humide ;
Tu ne l'osais franchir, voyageuse timide :
Sur des cailloux glissants, moi, te dressant un pont,
Je t'aidais à passer ce limpide Hellespont.
Pour toi, j'ai bien souvent pillé la primevère ;
Dans ma main pleine d'eau, tu bus comme en un verre ;
Et, reine de dix ans, tu dominas sur nous,
Qui, d'agrestes impôts, couronnions tes genoux.

C'est ainsi qu'avec toi j'ai commencé la vie.
La même route encore était par nous suivie,
Quand douze ans fit de nous des apprentis chrétiens.
A l'église, mes yeux causaient avec les tiens,
Tandis que le pasteur répandait à grand'peine,
D'enseignements pieux, une semence vaine ;
Car, hélas ! peu germait, et plus d'un, bégayant,
Trahissait saint Thomas d'un ton insouciant.

Puis l'âge, qui marchait, t'enleva de ma vue,
Douce étoile ; et longtemps, pour mes regards perdue,
Tu laissas mon ciel noir, et mon cœur obscurci
T'attendait pour briller, t'attendait... te voici !

Salut donc ! Reviens-tu pour ne plus disparaître
Et pour t'épanouir où le ciel te fit naître,
Beau lis dont la candeur ne saurait mériter
Sur un sol trop brûlant de se voir transplanter ?
Habite nos vallons : ils sont frais et paisibles,
Au souffle impur des vents avec peine accessibles ;
Et, pour charmer l'oreille, ils n'ont que de doux bruits.
Puissions-nous te compter parmi nos plus beaux fruits !

EXCURSION

En route ! en route !
L'aubit sourit au seuil lointain du jour,
Et, fraîche goutte,
Pend la rosée aux gazons d'alentour.

Bouclons la noire gibecière
Où se gardent fruits et pain frais ;
Passons la gourde en bandoulière,
Source amie au fond des forêts.

Dans les herbages,
Marchons, le cœur de soucis allégé.
Les beaux voyages,
Quand le pied foule un chemin ombragé !

Qu'il est doux de voir en arrière,
Au fond du bleuâtre lointain,
S'effacer la flèche de pierre
Où s'enchaînait notre destin.

Du bout des lèvres,
Un adieu vole au toit que j'ai quitté.
Comme les chèvres,
Je veux, je veux bondir en liberté.

Je suis de ceux qu'un rien amuse,
Papillon, fleur, feuille ou pinson.
Souvent ma nonchalante muse
Se pique aux mûres du buisson.

La pâquerette
Sur son tapis m'appelle en souriant,
Et je m'arrête
Où du grillon grince l'archet bruyant.

De loin accourt un équipage,
Char rapide aux cercles poudreux.
Là, trônent seigneur, dame et page :
Il passe, et je plains ces heureux.

Au bord de l'onde
Qui dort au sein tranquille d'un étang,
Ma folle ronde
Mouille ses pieds et sur l'herbe s'étend.

Le saule qui, sous Ophélie,
Ploya, me redit ses douleurs.
Pour cet ange, quoi ! la folie !
Tant de beauté ! tant de malheurs !

De rêve en rêve,
Aux doux frissons des mobiles roseaux,
L'heure s'achève :
Le vent m'éveille en effleurant les eaux.

De la faim l'hymne lamentable
Me fait alors doubler le pas ;
Linge blanc et rustique table
S'offrent d'avance pleins d'appas.

Bientôt j'avise
Un hôtelier dont le teint rubicond,
Sûre devise,
Me garantit le vin de son flacon.

Du feu la servante ravive
Le sylphe prêt à s'endormir ;
Et, sous sa langue ardente et vive,
On entend le cuivre gémir.

La pelle enfante,
Et l'omelette, en un disque doré,
Naît triomphante :
Adorons-la sur l'escabeau carré.

Jupiter eût à l'ambroisie
Préféré ce mets savoureux.
S'il manque un peu de poésie,
Tant pis pour les gens vaporeux !

Du plat s'exhale,
De sa valeur témoignage embaumé,
Une spirale
Qui monte, monte au plafond enfumé.

Au caveau la douve sonore
Ouvre sa veine en soupirant ;
Un vin rose comme l'aurore
Brille au calice transparent.

Trinquons, mon hôte !
Si ce bas monde un jour doit s'attrister,
Ce sera faute,
Faute d'un jus qu'on puisse déguster.

On couronne bien des poëmes
D'un lierre aujourd'hui fort usé.
Mieux vaudrait aux Apollons blêmes
Offrir un quarteau transvasé.

Mon pas agile
Parcourt encor le dédale des bois.
Le doux Virgile
Eût fait ici dialoguer les hautbois.

Dans les mornes chaos de ruines,
Arceaux croulants et vieille tour ;
Dans les vallons, sur les collines,
A mon gré je vais tour à tour ;

Tant que la brune
N'a pas montré sur les talus herbeux,
Au clair de lune,
La silhouette errante des grands bœufs.

PROTESTATION

*Vers improvisés à la suite d'un entretien où l'on soutenait
que la poésie est et sera désormais impossible*

On nous répète : « Il est temps qu'on abdique
    Cet art nourri d'illusions ;
Depuis longtemps le soleil poétique
    S'éteint privé de ses rayons.
Sur la matière, aujourd'hui triomphante,
Le calcul pose un rigide compas. »
— Obscure encore et faible, ma voix chante :
La poésie, oh ! non, ne mourra pas.

Si l'industrie, immense Briarée,
    Étend partout ses bras de fer ;
Si la vapeur, dans un tube cloîtrée,
    Rugit comme un monstre d'enfer,

Ce n'est point tout ! Près de Vulcain qui gronde,
Voyez éclore un bouquet de lilas !
Tant qu'un printemps rajeunira le monde,
La poésie, oh ! non, ne mourra pas.

Un jour la Grèce et l'altière Ausonie,
　　Géants par la gloire épuisés,
Par le barbare, effroi de l'harmonie,
　　Virent leurs temples embrasés.
La Muse alors, réduite en esclavage,
Des Goths affreux, pleurant, suivit les pas ;
Mais si l'horreur de leur climat sauvage
Sut l'engourdir, morte elle n'était pas !

De l'Occident la vive renaissance,
　　Brillant comme un jeune soleil,
En lui rendant sa robe d'innocence,
　　A ranimé son front vermeil.
Elle a depuis traversé des tempêtes,
Et de la foudre a bravé les éclats,
N'est-ce pas elle, un jour, qui dans nos têtes
Versa, Français, l'ivresse des combats [1] ?

Non ! Tant que l'homme, au fond de sa poitrine,
　　Sous le plaisir ou la douleur,
Sentira, comme une harpe divine,
　　Vibrer les cordes de son cœur ;

1. Allusion à l'influence de *la Marseillaise*.

Tant qu'on verra des peuples héroïques
Vivre ou mourir au cri de : « Liberté ! » ;
Que frémira, dans les âmes stoïques,
De la vertu l'austère volupté ;

Tant que la vierge aura son frais sourire
    Et ses yeux, astres de douceur ;
Tant qu'une voix restera pour maudire
    Le criminel ou l'oppresseur ;
Tant qu'on verra pétiller dans un verre
La grappe née au pied de l'échalas ;
Tant que le fils n'oublîra point sa mère,
La poésie, oh ! non, ne mourra pas !...

L'ENFANT NOYÉ

Sur le lin délicat qui lui servit de langes
Repose son front pur comme celui des anges ;
Comme eux, de la prière instruments ingénus,
Il joint avec candeur ses deux petits bras nus ;
Et sa bouche entr'ouverte, ainsi qu'en un sourire,
Semble aux yeux indécis encore prête à dire
Le doux nom que l'enfant réclame tant de fois,
Ou l'oraison latine aux deux signes de croix.
Le pied n'ose frémir sur la dalle sonore,
Tant le cœur en suspens doute s'il rêve encore !
Et, cédant à l'espoir, on voudrait de la main,
De sa joue où déjà manque le frais carmin,
Effleurer mollement la rondeur pâlissante.

Hélas ! ne craignez rien : votre main caressante
N'importunera point son tranquille sommeil,
Car au sommeil qu'il dort il n'est point de réveil.
Vainement du ciel bleu la splendide lumière
Frappera de ses yeux l'immobile paupière ;
Et ses débiles bras, par d'autres mains croisés,
Désormais n'iront plus au devant des baisers,

Comme aux jours fortunés où la craintive mère,
Accourant aux vains cris d'une peur éphèmère,
L'invitait à se pendre au cou penché vers lui,
Et d'un fardeau charmant chargeait ce frêle appui.
—Adieu, ces doux moments ! mais qu'au moins leur histoire
Console des parents la plaintive mémoire.

Cependant il vivait encore ce matin !
Insoucieux du piége où l'avide destin,
Comme un sombre oiseleur, attirait son enfance.
La chanson sur la lèvre, il allait sans défense.
Ses pas avaient suivi la rive en s'égarant ;
Il guettait les poissons sous le flot transparent.
(Les amours de l'enfant, c'est, lorsque l'onde brille,
D'agacer aux appâts l'écaille qui scintille.)
Un bruit soudain l'étonne et glace son souris ;
Il tombe : aucun sauveur n'apparaît à ses cris.

En des temps plus heureux, les Naïades fluides
De la Meuse habitant les régions limpides,
De la jeune victime auraient changé le sort.
Leur pitié de sa bouche eût écarté la mort.
Quand le flot résonna sous le poids de sa chute,
Et que l'onde enchaînante eut commencé la lutte,
Dans leurs bras soulevé du milieu des roseaux,
On l'eût vu, souriant, sortir du fond des eaux.
Le rayonnant soleil l'eût séché sur la grève,
Et l'heure du péril eût passé comme un rêve.

Nul dieu ne se met plus entre la mort et nous,
Et les mères en vain l'implorent à genoux :

Aux lèvres des enfants, lèvres pleines d'envie,
Sa main ose arracher la coupe de la vie
Plutôt que de laisser l'âge fastidieux
Leur rendre lentement le breuvage odieux !
Mais qui décidera des fortunes humaines ?
Qui sait ce que parfois nous épargne de peines
Un précoce trépas, comme un givre venu ?

Pars, avec nos regrets, pour le monde inconnu,
Frais bourgeon, qui portais tout l'espoir de l'année !
On entr'ouvre pour toi la verte graminée.
Mais lorsque le vieillard, farouche fossoyeur,
De sa bêche insensible et de son pied broyeur,
Aura précipité la terre ténébreuse,
— Sur ces restes chéris, Nature généreuse,
Oh ! verse à pleines mains tes plus rares présents !
Vers ce tertre, le soir, conduis les vers luisants ;
Diriges-y le vol de la tendre hirondelle,
Si rapide à baiser la terre de son aile ;
Que de leur nid voisin, ses petits dans leurs jeux
Y viennent butiner sous un ciel orageux ;
De pavot en pavot que l'abeille bourdonne ;
Que le pinson rieur parfois même fredonne
Du haut des peupliers par la brise animés,
Ou sur les noirs tilleuls aux rameaux parfumés !
Pour remplacer la fleur dont la fraîcheur succombe,
Qu'à chaque mois nouveau, sur les bords de la tombe,
Naisse une fleur nouvelle ; et, pour mieux la couvrir,
Violettes, toujours ayez soin de fleurir.

LA LONGUE ÉTAPE

Dans le bruit et dans la poussière,
Le bataillon, rouge serpent,
A disparu. La cantinière
L'escorte sur son char rampant.
Un soldat, debout dès l'aurore,
Attardé, chemine bien las.
De la crosse il aide ses pas,
Veut s'arrêter et marche encore.

« Sur le fleuve aux glaïeuls tranchants,
« La nuit, dit-il, tombe et frissonne.
« Rien ne mugit plus dans les champs.
« Dans les sentiers lointains, personne !
« Des bois par le couchant rougis
« L'oiseau regagne la ramée.
« Toute créature animée
« Aura ce soir pain et logis.

« La journée a tari ma gourde.
« Ce mousquet accable ma main.

« Qu'une tâche isolée est lourde
« Dans la vie ou sur un chemin !
« Je vois là-bas pendre un vieux saule ;
« Il semble pleurer sur les morts.....
« Nul n'est témoin de mes efforts,
« Que l'étoile qui brille au pôle.

« Cette lueur, en d'autres jours,
« Scintillait parmi nos ombrages.
« Elle souriait aux amours
« Des jeunes gens de nos villages.
« Vieux fantômes du souvenir,
« Au large !..... Heureux qui vous évite !
« Par vous le mal présent s'irrite,
« Et vous corrompez l'avenir.

« Ma force expire. Ici, sur l'herbe,
« Allons, garçon, il faut t'asseoir.
« Être fier, le jour c'est superbe ;
« Mais on peut pleurer seul le soir.
« Les chefs demain, comptant le nombre
« Des soldats au drapeau présents,
« Châtîront d'un mot les absents,
« Et, moi, je serai mort dans l'ombre. »

Le fantassin, sur les rebords,
Se coucha la tête brûlante ;
Mais d'un char la clarté roulante
Au loin perça la nuit alors.

— Il monte, et, sur l'axe arrêté,
Invisible, près d'eux, un ange
Grimpe et fait, par un doux échange,
Deux bonheurs d'une charité.

Ce soldat-là, c'est le symbole
Du poëte encore ignoré.
Loin de l'étape où son pied vole,
Il succombe désespéré.
Assis dans la nuit et le doute,
Ses chants s'éteignent sous les pleurs,
Mais Dieu, touché de ses douleurs,
Enverra quelqu'un sur sa route.

DRAGONS EN MARCHE

Avril aux sonores ondées,
Comme un enfant parmi ses pleurs,
Sourit; les naissantes frondées
S'ouvrent sous la neige des fleurs.
Dans les murs longtemps prisonnière,
La garnison prend sa bannière
Et, par une aube printanière,
Surgit à l'appel des clairons.
Comme un feu qu'une pique attise,
L'âtre de la caserne grise
Pétille, et jusque dans la brise
Fait tressaillir les éperons.

A cheval! adieu, la caserne !
L'escadron, l'ongle frémissant,
Sort par la rigide poterne
Sur le pavé retentissant.
La foule à flots est accourue;
Les balcons penchent sur la rue,

Saluant la fanfare accrue
De trépignements longs et sourds.
A travers la brèche entr'ouverte,
Ils s'éloignent d'un pas alerte,
Comme des touffes d'herbe verte
Qu'un fleuve emporte dans son cours.

Bientôt, dans les larges campagnes
Où frissonnent les jeunes blés,
Des plaines aux flancs des montagnes
Ils cheminent tous accouplés.
Le cheval détend son allure.
Dans les plis d'un manteau de bure
S'enroule la pendante armure,
Tonnerre et glaive des dragons.
Comme un passereau dans la nue,
La chanson plane demi-nue
Et, rapide, se continue
Des trompettes jusqu'aux fourgons.

Voici poindre la grande halte !
Humbles toits, odorants vergers.
La trompette aussitôt exalte
La gloire des beaux passagers.
Les coursiers, captifs sur les berges,
Paissent. Les rustiques auberges
Tremblent au fracas des flamberges
Dont les fourreaux traînent bruyants.
Du liége importun qu'on repousse,

La brune cascade de mousse
Jaillit dans la coupe où s'émousse
La soif aux regards pétillants.

Debout! On entend la fanfare
Du départ vif avant-coureur...
Par delà le talus avare
Fleurit le champ du laboureur.
La cavale qu'un mors gouverne
Flaire peut-être la luzerne
Qui, pour l'exigeante caserne,
L'arma de force et de fierté.
Cette lointaine métairie,
Perdue au fond d'une prairie,
Là, peut-être, elle fut nourrie
Dans l'amour et la liberté.

Combien, à l'aspect d'un vieux chaume,
Le soldat se sent rajeunir!
Ce coin que le tilleul embaume
Fait germer plus d'un souvenir...
Ainsi, dévorant la distance,
Unis dans leur double existence,
Traversés d'un souffle d'enfance,
Dragons, coursiers vont en avant.
L'écho du jeune âge est sonore.
De quelque nom qu'on le décore,
Avoir senti, sentir encore,
C'est la loi de l'être vivant.

Mais là-bas un précoce orage,
Tordant les arbres des enclos,
Crible le vert du pâturage
De ses humides javelots.
Dans les vapeurs de la vallée,
Comme une chaîne entremêlée,
Part la colonne échevelée,
Heurtant l'écho des environs.
Accroupi sous ses frêles chaumes,
Le cantonnier voit des fantômes
Bondir, ripostant sous leurs heaumes
A la foudre par des jurons.

LA CHEVRIÈRE

Vous tous avez connu Jeanne la chevrière,
    Aussi blanche et frêle qu'un lis.
Son troupeau bondissait dans la verte clairière,
    De genêts d'or frais paradis.
Le mal vint la saisir, enfonça son épine,
    Disant : « Tu ne dois plus guérir ! »
Et, depuis, cette enfant, naguère si mutine,
    Couva dans son âme chagrine
Le besoin d'être aimée avant que de mourir.

Quand la main du printemps, toute pleine de joie,
    Verse la sève aux rameaux verts ;
Que le nid amoureux, fait de mousse et de soie,
    Furtif, se décèle au travers ;
Quand sur les flots brillants la svelte libellule
    Baise les fleurs qui vont s'ouvrir,
Et que l'abeille avare enrichit sa cellule,
    Jeanne sentait, au crépuscule,
Le besoin d'être aimée avant que de mourir.

Dans un de ces longs jours où juin nous dispense
La lassitude et la chaleur;
Où sous les cieux brûlants, tout souffle fait silence;
Où s'endort même la douleur;
Un jeune homme passa qui vit Jeanne pensive :
Se voir tous deux fut s'attendrir.
Comme un roseau léger qu'on arrache à la rive,
Elle céda, douce et plaintive,
Au besoin d'être aimée avant que de mourir.

Bientôt, plus faible encore, au pâlissant automne,
Prête à reposer pour toujours,
Comme une abeille lasse au soir tombant bourdonne,
Elle traîna ses derniers jours.
Mourante, elle disait : « Une pensée impure
Jamais à moi n'osa s'offrir.
J'ai fléchi seulement, fragile créature
(Tu le sais, Dieu de la Nature),
Au besoin d'être aimée avant que de mourir. »

VOYAGE AU PAYS DU SOLEIL

La fée harmonieuse et douce
Qui jeune encore m'adopta,
Et, tant que l'herbe au bois repousse
M'attire sur son lit de mousse,
    Naguère me chanta :

« Les frissonnements de novembre
« Ont jonché ton âme de deuil.
« Comme un pauvre, assiégeant ta chambre,
« La bise pleure sous ton seuil.
« Aux sanglots d'une trombe humide,
« Ta gaîté, fauvette timide,
« De l'ennui s'est prise au lacet.
« Tu vas t'effeuiller sous le givre,
« Toi qu'un doux soleil faisait vivre,
« Toi qu'un chaud rayon nourrissait.

« Et rien ne me laisse un asile
« Où te dérober aux autans !

« L'hiver me dépouille et m'exile,

« Usurpateur jusqu'au printemps.

« Comme toi, grelottante et blême,

« Je vois tomber mon diadème

« Tout de frondée et de roseaux.

« Oh ! laisse grisonner ce chaume !

« Vers ma sœur, vers son doux royaume.

« Vole, vole avec les oiseaux. »

Elle dit. Sa voix confiante
Rassure mes yeux attendris.
Longtemps sur la croupe bruyante
De la chimère flamboyante,
   Je réponds à son souris.

Le monstre prit son vol immense,
Secouant les frimas du nord ;
Pressé d'une sombre démence,
La houille activait son essor ;
Et par ses coups d'aile sans nombre,
Noir, il traversait comme une ombre
Fleuves, plaines, monts et cités.
On eût dit une hydre infernale,
Fuyant à l'aube matinale
L'aspect des célestes clartés.

En de gais ou de tristes rêves
Tour à tour je flottais, ainsi
Qu'un coquillage sur les grèves
Roule brillant, puis obscurci ;

Quand, dans le tourbillon sonore,
Au moment où l'active Aurore
Fait lever l'indolent Matin,
Pâle, dans le coin de ma couche,
Je sentis frôler sur ma bouche
Le bout de l'aile d'un lutin.

Or, c'était une fée étrange.
Dans les pans de ses voiles verts,
Dont l'olivier formait la frange,
Roulaient la grenade et l'orange,
   Charmes des longs hivers.

Et sa lumineuse paupière,
Rayonnant sous son front bruni,
Fondait la brume meurtrière
Pesant sur mon regard terni.
Son doigt, par la vitre limpide,
Me montrait l'horizon rapide
Coulant comme un fleuve en ses bords.
Une minute voyait naître,
Grandir, avancer, disparaître
Un paysage aux bruns décors.

Sur mon bras la fée inclinée
Chantait les noms de ces séjours :
C'était la Méditerranée,
Coupe immense aux brillants contours ;
Les âcres déserts des salines,

Les gorges fauves des collines
Portant pour bijoux des donjons;
Les arceaux pendants d'une arène,
Les étangs à l'onde sereine,
Les hameaux penchés sur leurs joncs.

Enfin l'invisible compagne
Qui depuis plus ne me quitta,
Dans les recoins d'une montagne,
Aux genoux dorés de l'Espagne,
    Avec moi s'arrêta.

Comme d'une feuille attiédie
Glisse le grésil vaporeux,
Déjà de mon âme engourdie
    Tombe le chagrin ténébreux.
Sur les rochers, quand je m'enivre
De ton philtre qui nous fait vivre,
O soleil radieux et doux,
Quelque ronde folle ou touchante
En moi toujours tournoie et chante.
La fée accourt sur mes genoux.

Toujours, à mes pas attachée,
Elle me soutient doucement;
Même dans la grotte cachée,
Vient peupler mon isolement.
Partout, j'emmène ce fantôme :
Parmi l'herbage au frais arome,
Dans les vallons d'arbres voilés,

Dans les abîmes volcaniques,
Au faîte des murs titaniques
Du granit aux flancs étoilés.

Du chantre aux vaines rêveries,
Humble mais suave est le sort.
Qu'il hante les molles prairies
Ou les marécages du nord;
Que, sous sa zone étincelante,
Il parcourt l'Afrique brûlante
Où marque ses pas au linceul
De la froide Scandinavie,
Toujours à son âme ravie
Un sylphe dit : « Tu n'es point seul! »

FRAGMENTS

FRAGMENTS

UN DIMANCHE AU CAMP

SOUVENIR D'UNE EXCURSION A MOURMELON

. . . .

Le camp sonore et meurtrier
Fourmille partout et s'apprête,
Des noirs shakos dresse l'aigrette,
Lustre les galons d'or et polit l'étrier.

. . . .

Comme un reptile énorme à la peau nuancée
Traîne ses longs anneaux parmi l'herbe froissée,
Devant le blanc feston des frêles campements
Se déroulent les nœuds vagues des régiments.
L'œil en vain chercherait sur l'immense surface
Un point où ne s'agite pas

Quelque groupe volant que la distance efface,
Quelque essaim rampant de soldats.
        Ils encombrent la nappe verte,
        Pareils aux grains nombreux
Qu'un vent oblique enlève à la grange entr'ouverte
Et disperse en jouant sur les pavés poudreux.

. . . .

Comme un large pavot dominant les prairies,
L'autel arbore au loin ses rouges draperies.
Le chœur gazonné s'ouvre au flot des commandeurs ;
Les phalanges aux flancs se pressent, se hérissent ;
Des chevaux impatients les ongles retentissent
Aux sons de l'orgue humaine et des cuivres chanteurs.
De sa croupe d'airain la lourde artillerie
Ferme la nef agreste et, les mèches en feu,
S'allonge comme une hydre au seuil de la prairie,
Prête à vomir l'encens à la gloire de Dieu.
La Prière, planant sur ce rectangle immense,
Assoupit les tambours, et le prêtre commence.

. . . .

UNE MÉDITATION

Toi que pousse en ces lieux un souffle voyageur
Et qui sur toute chose ouvres un œil songeur,
Disciple inaperçu de la philosophie,
Ose ici méditer : le moment t'y convie.
Non ! ni l'heure enchantée où l'aube de retour
Caresse la nature entière avec amour ;
Ni l'instant solennel où la nuit en ses voiles
Guide, comme une reine, un cortége d'étoiles ;
Ni l'aspect fascinant du tumulte des mers,
Alors que la révolte enfle leurs flots amers ;
Non ! jamais ces tableaux, frappant l'âme isolée,
De plaisir ou d'effroi ne l'ont plus ébranlée
Que de voir ces forêts de soldats entourant
Le front toujours penché de Jésus expirant,
Ces cent bouches de bronze et ces vingt mille épées,
Sous le cintre d'azur, ô joie ! inoccupées,
Craintives, se presser devant le Roi des rois
Et paraître trembler devant une humble croix.

On dirait que la Guerre, à la fin attendrie,
Conduite par la main de la douce Patrie,
Vient ici déposer, en un jour solennel,
Sa haine et ses remords aux pieds de l'Éternel,
Implorer le pardon de ses fureurs antiques,
Écraser les serpents des discordes gothiques,
Et jurer en ses pleurs, sur ses mille fourreaux,
De ne plus les vider que contre les bourreaux.

Ce rêve est séduisant ; mais, hélas ! c'est un rêve.
Car notre nation, loin de jeter son glaive,
Comme un gage glissé par la main d'un amant,
Le presse même encor sur son cœur en dormant ;
L'invite le premier à ses paisibles fêtes ;
Le mêle dans le temple aux harpes des prophètes ;
Et, quand pour accueillir les pélerins royaux
Elle charge son front du poids de ses joyaux,
Ce ne sont pas les arts à l'âme créatrice,
Ni l'auguste Cérès, notre antique nourrice,
Ni l'active industrie aux ressorts merveilleux
Qu'elle étale d'abord à son col orgueilleux.
Non ! le joyau qu'elle aime et dont elle s'honore,
C'est encore l'armée imposante et sonore,
Énorme diamant aux facettes d'airain
Taché d'un peu de sang, mais orgueil de l'écrin.

Au geste impérial, épié des deux mondes,
Alors s'ouvrent partout les casernes fécondes.
Les graves grenadiers s'avançant sur dix rangs,

Comme on voit les castors remonter les torrents;
Les voltigeurs légers et les chasseurs alertes
Sur qui le coq agite encor ses plumes vertes;
Les cuirassiers de fer, centaures éclatants;
Les zouaves enfin conquis sur les sultans,
Sang gaulois versé dans la veine orientale,
S'écoulent, colorant la vaste capitale.

Certes, si, réveillé par leur bourdonnement,
Celui qui de ce siècle a fait l'étonnement,
Que l'on peut détester, mais qu'il faut qu'on admire;
Si — dis-je — soulevant la porte de porphyre
Où s'usent ses débris dans un sombre tombeau
Gardé pieusement par quelque vieux drapeau,
Une dernière fois il lui prenait envie
De venir contempler ce qu'on fait dans la vie,
Devant ces bataillons cette ombre d'empereur,
Semblable en ses calculs à l'âpre laboureur
Qui dans les blés fleuris déjà compte les gerbes,
Serait contente encor de ces moissons superbes
De fers, d'épis humains, de canons, de chevaux!

Il s'élève — dit-on — du sein des temps nouveaux
Un doux esprit de paix, d'amour, de tolérance
Qui de ces jeux sanglants nous promet délivrance.
Dans ses bras filials, la jeune Liberté
Oserait délivrer la vieille Humanité,
Comme on vit autrefois la plaintive Andromède,
Soustraite par Persée au monstre qui l'obsède,
Fuir à travers les airs son noir rocher marin.

L'inflexible Équité, de sa verge d'airain,
Briserait pour toujours le cornet des batailles
Où la guerre agitait ses vastes funérailles.
Les peuples, rejetant cet arbitre infernal,
Convoqueraient du droit l'austère tribunal.
Toutes les nations, coupables, innocentes,
Y viendraient s'incliner, toujours obéissantes ;
Le juste, relevé par un arrêt rendu,
S'en irait triomphant, et nul sang répandu
N'infecterait sa joie et sa pure allégresse.

Mais cet esprit de paix dont l'espoir nous caresse,
Est-ce un vent qu'on verra, par ses efforts constants,
Inspirer tous les lieux, émouvoir tous les temps ?
Ou bien un souffle vain et par qui les pensées
Vers un ciel souriant se dressent balancées
Pour retomber bientôt, comme de lourds épis
Dans un champ fatigué l'un sur l'autre accroupis ?
Qui le sait ?... car chaque âge eut son rêve prospère
Et crut souvent ouvrir les portes d'une autre ère.
Dix fois le monde entier, pleurant son âge d'or,
Crut sous des noms divers le ressaisir encor.
Les peuples remués dans l'espoir s'agitaient,
Vers la terre nouvelle ensemble ils se portaient ;
Puis, bientôt replongés dans un calme honteux,
Faisaient ce que le monde avait fait avant eux.

Dix-huit siècles passés, l'implacable Calvaire
S'emparant de celui que tout chrétien révère,

Suspendait dans les cieux le condamné divin,
Et le doux rédempteur mourait — mourait en vain !
Ses jours calmes et purs, exempts de tout orage ;
Son obscure vertu, son paisible courage ;
Son amour dont le pauvre avait le premier don ;
Son exemple à prêcher le doux art du pardon ;
Les larmes par sa mère à ses pieds répandues !
Avant qu'il expirât, — étaient déjà perdues !
Agneau de Bethléem, adolescent songeur,
Victime qui voulus refuser tout vengeur,
Espoir des cœurs meurtris et consolante image,
Dieu qui nous imposas de t'aimer pour hommage,
Lorsque tu nous criais : « Charité ! charité ! »
La connaissais-tu bien la vieille Humanité ?
La charité, liqueur si chère à l'Évangile,
D'un aride univers ne saurait être l'huile.
Tu voulais enseigner par tes divins efforts
Comme on peut apaiser tous les criants ressorts ;
Tu voulais épurer la créature immonde ;
Ta main osait panser les ulcères du monde ;
Tu voulais assoupir le trop fécond essaim
Des âpres passions qui peuplent notre sein ;
Tu versais, comme un flot de morne belladone,
Le pardon et l'oubli sur le cœur qui bourdonne ;
Tu semais en tous lieux le mutuel amour ;
Aux haines, tu disais : « Mourez avec le jour ! »
Pour repaître à jamais l'éternelle injustice,
Toi-même tu t'offris enfin en sacrifice ;
Tu songeais sur la croix à la fraternité...

6

De ta venue, hélas ! que nous est-il resté ?
Le mal toujours chemine avec sa grande escorte ;
Le bien semble parfois enfanter : il avorte.
Et l'homme, sans changer, d'âge en âge roulant,
Comme le tronc poli du platane tremblant
Où l'écorce sans fin repousse, meurt et tombe,
Rajeunit ses passions des langes à la tombe.

. . . .
. . . .

Eh bien ! ce fruit de paix qu'un Dieu n'a pu mûrir,
L'Évangile nouveau saura-t-il nous l'offrir ?

. . . .

· LE DÉFILÉ

C'est ainsi qu'aux abords d'une case isolée,
De loin humble et muette ainsi qu'un mausolée,
Mais où sous les rameaux avares d'un bosquet,
Rampant sur ses genoux, le canon s'embusquait,
J'essayais de sonder la destinée humaine
Et de chercher le but où l'avenir nous mène.
Des soldats, près de moi, sur la terre accoudés,
Au travers du gazon faisaient bondir les dés,
Quand la brise, effleurant les chétives verdures,
Apporta du couchant de longs et sourds murmures.
Froissements de fourreaux, carillons d'étriers,
Longs roulements de chars, bonds légers de coursiers
Se croisaient. On eût dit qu'un souffle de l'aurore,
Rapide, traversant une forêt sonore,
Tirait de frais soupirs des flûtes des roseaux,
Réveillait les tribus chantantes des oiseaux,
Et, troublant des taillis les voûtes frémissantes,
Confondait ce murmure et ces chansons naissantes.

. . . .

On voyait la poussière en nuages rouler,
Et dans ses flancs obscurs, le fer étinceler.

. . . .

Dans un trèfle où dansait la verte sauterelle,
J'attendis, appuyé sur un marronnier grêle,
Comme Ulysse autrefois, dans l'Érèbe fatal,
Pâle, vit défiler tout le peuple infernal.

§

Les sombres pionniers à la marche sereine
Frayèrent lentement les gazons rabougris.
Leur œuvre, tour à tour diurne et souterraine,
Aux fronts jeunes encor jette des reflets gris.

Demain, que les créneaux fument aux citadelles,
Le mineur s'en ira, vétéran calme et beau,
Creuser, le pic en main, les longues parallèles,
Y rêver un asile et trouver un tombeau.

Puis comme on voit, le soir, s'avancer dans la brume
Un long rang de buissons aux bleuâtres revers,
Parut et s'écoula, frange de sombre écume,
La tribu des gardiens adoptés par nos mers.

Partout où le drapeau, franchissant l'onde amère,
Crée une autre patrie et des Français nouveaux,

Rejetons détachés de la racine mère,
Ils croissent, ombrageant l'échange et les travaux.

    Mais entendez-vous l'harmonie
    Qui semble fêter un vainqueur?
    Par qui la tristesse est bannie,
    Par qui le sang gonfle le cœur?
    Voyez ! — reflet des temps épiques —
    Comme des roseaux des tropiques,
    Onduler les brillantes piques
    Qui dardent éclair sur éclair.
    C'est la populaire phalange.
    Près d'elle, enflammant ses yeux d'ange,
    L'enfant échappé de la lange
    La suit déjà timide et fier.

    Comme un harmonieux orage,
    Légère, elle poursuit son cours,
    Annonçant partout son passage
    Aux sourds grondements des tambours.
    Fifre aigu, flûtes soupirantes,
    Cymbales aux notes mourantes,
    Chimères aux croupes vibrantes,
    Éclatent en vives clameurs.
    Ce dieu, que le salpêtre encense,
    N'ose en paix trahir sa puissance,
    Et la Mort près de lui s'avance
    Sous un masque aux belles couleurs.

Et la rapide infanterie,
Nil menaçant de la patrie,
Inonde la vaste prairie
En son flux toujours renaissant.
Qu'elle est belle, la jeune armée,
Avant que la poudre enflammée
Ait fait, dans une âcre fumée,
Bondir le fer, jaillir le sang!

Douze fois la rouge colonne,
Gardant son rhythme monotone,
Comme aux jours où Lacédémone
Fêtait et le glaive et le dard,
Passa. — Sur la foudre dorée
Palpitait l'aigle déchirée
D'avoir conduit l'âpre curée
Dans la plaine ou sur le rempart.

Puis les fanfares sonnèrent.
Au loin les échos tremblèrent :
Chasseurs, dragons s'ébranlèrent,
D'un nuage environnés.
Et leurs bruyantes cohortes
Roulaient en longues escortes,
Comme on voit les feuilles mortes
Fuir les bois découronnés.

Tout tourne dans ce vertige.
Le fourreau tinte et voltige,

Et l'écume, blanc vestige,
Neige du mors arrogant.
Malheur à celui qui tombe !
Car six fois passe la trombe,
Comme un duvet de colombe
Sur l'aile de l'ouragan.

Comme aux jours redoutés où le sombre tonnerre
D'un roulement lugubre épouvante la terre,
Déboucha sur six rangs l'arbitre de la guerre,
Le bronze souverain.
Les noirs boas d'airain,
Allongés sur leur train,
Béants à l'aventure,
Semblaient, des lourds fourgons
Pourvoyeurs des canons,
Implorer par leurs bonds
Des boulets en pâture.

Août 1868.

LA DISCIPLINE

Et quand ce rêve épique eut cessé son émoi,
Je songeai dans le vide étendu devant moi.
J'admirai, tout pensif et d'une âme attendrie,
Le sacrifice immense offert à la patrie.
Pas un n'avait frémi dans ces flots alignés,
Et pourtant, que de cœurs saignants et résignés !
Le cuivre étincelant qu'ombrage la crinière
Du front trop soucieux dissimule l'ornière ;
Le plastron constellé, sous son rigide pli,
Forme un tombeau muet au cœur enseveli ;
Sous la moustache en arc, la lèvre est impassible.
Par mille anneaux de fer, une chaîne inflexible
Du plus obscur soldat remonte à l'officier,
Et l'armée obéit à ces ressorts d'acier.
Implacable marteau, la rude Discipline
Tombe et retombe sur la pensée et l'incline.
Pareille au forgeron, dans son antre enfumé,
Activant l'âpre ardeur du brasier enflammé

D'un soufflet haletant, quand le dieu des batailles
Arrive, elle saisit ses mordantes tenailles,
Prend à la mère en pleurs un jeune homme tremblant,
Et l'amollit d'abord sur le fourneau brûlant,
Le plonge dans une onde où durcit son courage,
Sur l'enclume plaintive arrondit son ouvrage,
Et, du bout de son poing farouche et triomphant,
Montre un guerrier bronzé sorti d'un faible enfant.

Août 1868.

FIN

TABLE

LES JUVÉNILES

FRAGMENTS

www.ingramcontent.com/pod-product-compliance
Ingram Content Group UK Ltd.
Pitfield, Milton Keynes, MK11 3LW, UK
UKHW020915120726
13693UKWH00003B/1023